Andrea M........ ....

Gefahr am Strand

Deutsch als Fremdsprache

Ernst Klett Sprachen
Stuttgart

Andrea Maria Wagner

Gefahr am Strand

1. Auflage   1 5 4 3 2 1 | 2013 12 11 10 09

Alle Drucke dieser Auflage sind unverändert und können im Unterricht nebeneinander verwendet werden.
Die letzte Zahl bezeichnet das Jahr des Druckes. Das Werk und seine Teile sind urheberrechtlich geschützt. Jede Nutzung in anderen als den gesetzlich zugelassenen Fällen bedarf der vorherigen schriftlichen Einwilligung des Verlags. Hinweis zu § 52 a UrhG: Weder das Werk noch seine Teile dürfen ohne eine solche Einwilligung eingescannt und in ein Netzwerk eingestellt werden. Dies gilt auch für Intranets von Schulen und sonstigen Bildungseinrichtungen. Fotomechanische oder andere Wiedergabeverfahren nur mit Genehmigung des Verlags.

© Ernst Klett Sprachen GmbH, Rotebühlstraße 77, 70178 Stuttgart 2009.
Alle Rechte vorbehalten.
Internetadresse: www.klett.de / www.lektueren.com

Redaktion: Jutta Klumpp-Stempfle
Layoutkonzeption: Elmar Feuerbach
Illustrationen: Ulf Grenzer, Berlin
Gestaltung und Satz: Eva Mokhlis; Swabianmedia, Stuttgart
Umschlaggestaltung: Elmar Feuerbach
Titelbild: Ulf Grenzer, Berlin
Druck und Bindung: AZ Druck und Datentechnik GmbH, Heisinger Straße 16, 87437 Kempten/Allgäu
Printed in Germany

Tonregie und Schnitt: Ton in Ton Medienhaus, Stuttgart
Sprecherin: Elena Jesse

ISBN 978-3-12-557001-6

Inhalt

N

W ← → O

S

Schleswig-
Holstein
• *Kiel*

Mecklenburg-
Vorpommern
• *Rostock*

Hamburg
• *Hamburg*

Bremen
• *Bremen*

Niedersachsen
• *Hannover*

Berlin
• *Berlin*

Potsdam

Magdeburg

Brandenburg

Nordrhein-Westfalen

Sachsen-Anhalt

Düsseldorf
•

Sachsen
• *Erfurt*

Dresden

Hessen

Thüringen

Rheinland-
Pfalz
• *Wiesbaden*

Mainz

Saarland
• *Saarbrücken*

Bayern

Stuttgart
•

Baden-
Württemberg

München
•

4

Das Wattenmeer ist UNESCO-Welterbe!
www.unesco-welterbe.de

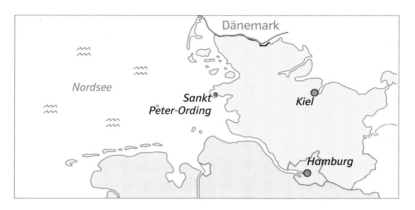

Schleswig-Holstein
- Bundesland in Norddeutschland (15.8 Millionen km²)
- ca. 2.8 Millionen Einwohner 👤
- Landeshauptstadt: Kiel
- Wirtschaft: Tourismus, Windenergie, Fischfang
- Tourismus: Strand, Wassersport (Segeln, Surfen)
- Spezialität: Rote Grütze, Fisch

www.sh-tourismus.de

Sankt Peter-Ording
- ca. 4.000 Einwohner 👤
- 12 km Strand
- Sport: Wassersport (Segeln, Strandsegeln, Surfen)

www.st.peter-ording-nordsee.de

die Insel

die Welle

das Surfbrett

der Strand

1 / Endlich Ferien 🔊

Die Schüler des Städtischen Gymnasiums in Sankt Peter-Ording
haben endlich Sommerferien und freuen sich.

Toni, Markus, Kevin und Florian sind sehr gute Freunde. Toni ist
fünfzehn und kommt aus Köln. Er wohnt aber schon lange in
Sankt Peter-Ording. Das liegt an der Nordsee. Der Strand ist hier
sehr breit. Bei Ebbe, wenn das Wasser zurückgeht, kann man auf
dem Strand segeln.

Auch Toni will in den Ferien oft segeln und surfen – zusammen
mit seinen Freunden.

〰〰

Die vier fahren mit ihren Fahrrädern an zwei Mädchen vorbei.
„Sechs Wochen nur shoppen! Kommst du mit?", fragt Steffi ihre
beste Freundin.
„Das ist ja typisch! Oder kennt ihr ein Mädchen, das nicht gerne
einkaufen geht?", fragt Markus seine Freunde.
„Ja, meine Schwester", antwortet Florian.
„Na ja, die ist ja auch erst zehn!", meint Kevin.
Aber die Jungen wollen nicht länger über Mädchen sprechen.
Es ist warm, die Sonne scheint und die Surfbretter warten schon!

2 / Post aus München

Toni stellt sein Fahrrad in die Garage und geht ins Haus.
„Hallo Toni, na, wie war der letzte Schultag?", fragt seine Mutter.
„Wie immer", antwortet er.
„Hör mal, Toni. Meine Schwester aus München hat angerufen. Deine Tante muss ins Krankenhaus. Also kommt deine Cousine Christina morgen zu uns."

„Muss das sein?", fragt Toni genervt.

„Ja! Aber sie ist sicher sehr nett. Und sie ist auch 15 Jahre alt – wie du", meint seine Mutter.

„Ja und? Ich will jetzt gleich zum Strand", sagt Toni.

„Aber Toni, zuerst musst du dein Zimmer aufräumen!"

„Warum das denn? Meine Freunde warten am Strand auf mich."
„Die Socken liegen auf dem Schreibtisch, die Bücher liegen unter dem Bett ... Findest du das schön?", fragt seine Mutter.
Für Toni ist das ganz normal.

〰

„Bist du fertig? Es gibt Rote Grütze mit Vanillesoße!", ruft seine Mutter aus der Küche.
„Hm, lecker!"

Rote Grütze
Erdbeeren, Himbeeren,
Kirschen, Johannisbeeren
... mit Vanillesoße.

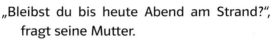

„Bleibst du bis heute Abend am Strand?", fragt seine Mutter.
„Ja, klar!"
„Hier sind ein paar Brötchen mit Nordseekrabben für dich und deine Freunde."

„Danke!", sagt Toni.
„Aber komm nicht so spät! Wir müssen morgen früh aufstehen und deine Cousine Christina am Flughafen in Hamburg abholen."

3 Ankunft in Hamburg

„Toni, aufstehen ... Toni!"

„Aber ich habe doch Ferien ...", denkt er.

„Toni, los, steh auf! Deine Cousine kommt heute!"

Langsam öffnet Toni die Augen. Es ist erst sechs Uhr!

„Meine Cousine kommt! Und ich muss in den Ferien so früh aufstehen!"

～～～

Eine halbe Stunde später sitzt er neben seiner Mutter im Auto und sagt kein Wort. Dann fragt er seine Mutter: „Wie sieht meine Cousine aus?"

„Sie ist blond und ... O je, sieh mal ... da vorne sind so viele Autos auf der Autobahn! Hoffentlich kommen wir nicht zu spät."

Die beiden kommen endlich am Flughafen an und sehen ein blondes Mädchen.

„Ist das meine Cousine? Sie sieht aus wie ein Model und ist bestimmt richtig blöd!", denkt Toni.

„Hallo! Ich warte schon seit einer Stunde auf euch", sagt Christina.

„Ganz schön unfreundlich!", denkt er.

„Herzlich willkommen, Christina! Entschuldige, aber auf der Autobahn war so viel los", antwortet Tonis Mutter schnell. „Wie war der Flug? Wie geht es deiner Mutter?"

„Der Flug war o.k., aber meiner Mutter geht es nicht gut. Sie wird operiert. Nach der Operation können die Ärzte mehr sagen", antwortet Christina ganz leise.

„Wir rufen im Krankenhaus an und fragen, wie es ihr geht, ja? Und das ist Toni, dein Cousin."

„Hallo, Toni!"

„Moin, moin", sagt Toni nicht sehr freundlich.

„Toni, nimmst du bitte Christinas Koffer?"

„Natürlich, Mama."

„Mensch, ist der schwer! Klar! Ein Model braucht ja für jeden Tag ein neues Outfit", denkt Toni.

4 / Fahrt nach Sankt Peter-Ording 🔊

Im Auto darf Christina vorne sitzen. Sie soll ja sehen, wie schön es in Norddeutschland ist. Tonis Mutter macht noch eine kleine Extratour durch Hamburg.

„Siehst du die Schiffe, Christina? Da vorne ist der Hafen …"

Auf dem Weg nach Hause fahren sie am Meer entlang. Das Wetter ist sehr gut. Die Sonne scheint, und es ist warm.

„Sieh mal Christina, das ist das Wattenmeer", sagt Tonis Mutter.

„Meer? Und wo ist das Wasser … die Nordsee … und der Strand? Hier kann man ja gar nicht surfen!", sagt Christina.
„Meine Cousine weiß nichts", denkt Toni.
Seine Mutter lacht: „Sieh mal, Christina, die Nordsee ist ein Meer. Und es gibt Ebbe und Flut. Das Wasser kommt, das ist die Flut. Das Wasser geht zurück, dann heißt es Ebbe."

„Hm, das habe ich schon gehört. Aber ohne Wasser sieht das nicht schön aus."
„Ja, das stimmt. Aber das Wattenmeer ist sehr interessant. Du darfst aber nicht alleine gehen, das ist gefährlich! Du musst hier immer auf die Fahnen achten. Grün heißt ,Alles o.k.', Gelb ,Vorsicht' und Rot heißt ,Stopp."

～～～

„Gibt es hier auch Inseln?", will Christina wissen.
„Sie hat wirklich keine Ahnung …!", denkt Toni.
„Ja, klar. Wir sind doch an der Nordsee!", antwortet seine Mutter.
„Kann man mit einem Schiff zu den Inseln fahren? Das macht sicher Spaß!"
„Da gibt es aber oft viele Wellen. Vielleicht wird es dir dann schlecht!" Toni hat keine Lust auf eine Schifffahrt mit seiner Cousine.

„Christina, hast du schon einmal ‚Heuler' gesehen?", fragt Tonis Mutter.

„Heuler? Was ist das? Ein Kind, das laut weint?"

„Nein, so heißen die kleinen Seehunde, die Seehundbabys. Wir können eine Schiffstour machen. Dann kannst du Heuler sehen. Sie liegen auf Sandbänken."

„Ja, super!"

Toni sagt nichts. Er möchte in den Ferien nur mit seinen Freunden zusammen sein, surfen, Partys feiern …

〰

„Sieh mal Christina, da ist ein Leuchtturm", sagt Tonis Mutter.

„Toll, so einen kenne ich nur von Fotos. Und die Häuser sind auch sehr schön. So möchte ich auch wohnen."

Toni hört nicht zu. Er sieht seine Cousine an.

„Sie sieht ja ganz gut aus … vielleicht ist sie doch ganz nett", denkt er.

Aber jetzt will Toni nur an den Strand. Seine Freunde sind schon seit ein paar Stunden dort und surfen.

5 / Am Strand 🔊

Sie kommen zu Hause in Sankt Peter-Ording an. „Christina, das ist dein Zimmer", sagt Tonis Mutter.
„Toni, bring bitte den Koffer. Danach kannst du mit Christina ins Stadtzentrum gehen. Ihr könnt Eis essen oder ..."
„Aber Mama, meine Freunde sind schon lange am Strand und warten auf mich!"
„Dann nimm Christina doch mit!"
„Sie will sicher lieber shoppen ..."
„Nein, ich gehe gern mit zum Strand", sagt Christina schnell.
„Das ist langweilig für dich, ich surfe nämlich ..."

„Das ist ja super! Hast du auch ein Surfbrett für mich?", will Christina wissen.

In der Garage ist noch ein Surfbrett. Aber Toni sagt: „Nein."

„Christina ist hier und ich muss mein Zimmer aufräumen, früh aufstehen … und jetzt will sie auch noch surfen! Ein Model und surfen?", denkt er.

6 / Erste Probleme ⊙

Toni und Christina kommen zum Strandcafé. Viele Schüler aus
Tonis Klasse sind schon da. Seine Freunde sind auch da.

„Moin, moin. Toni! Du
kommst aber spät!", ruft
Markus.
„Du hast nicht gesagt,
dass du eine neue
Freundin hast", meint
Florian.
„Oh je, dann kannst du
jetzt sicher nicht mehr
surfen", sagt Kevin und
lacht.

„Ja ja, morgens einkaufen,
mittags shoppen …", sagt Markus.
Alle lachen und Toni ärgert sich.
„Sind die immer so?", fragt Christina leise.
„Nein, aber ich bin immer der Erste am Strand, nur heute nicht",
erklärt Toni.
„Weil ich hier bin?", will Christina wissen.
„Ja, klar!"
„Das tut mir leid", sagt Christina.
„Ja ja, schon gut." Toni möchte jetzt endlich surfen. Er nimmt sein
Surfbrett und geht zum Wasser.
„Vorsicht! Der Wind ist heute sehr stark!", hört er noch.

Toni denkt an seine Cousine. Plötzlich kann er nicht mehr auf seinem Surfbrett stehen. Der Wind ist zu stark. Er fällt ins Wasser. „Hoffentlich sieht das keiner!", denkt er.

Toni kommt müde zum Strand zurück. Aber keiner fragt: „Alles klar?" oder „Ist der Wind zu stark?"
Seine Freunde stehen alle bei Christina und lachen. Markus will am nächsten Abend seinen Geburtstag feiern.

„Komm Christina, wir gehen." Es ist kalt und Toni möchte schnell nach Hause.

„Ja, o.k. ... also tschüss bis morgen!", sagt Christina zu Tonis Freunden.

„Sie findet aber schnell neue Freunde", denkt Toni.

„Du hast doch gesagt, du surfst jeden Tag. Und dann fällst du ins Wasser und kommst zu Fuß zurück zum Strand? War der Wind stärker als du?" Christina lacht.

„Kannst du besser surfen? Das möchte ich morgen sehen!", sagt er schnell.

7 Am nächsten Tag 🔊

Christina will nach dem Frühstück im Zentrum etwas einkaufen. Toni hat keine Lust.
„In der Garage steht ein Fahrrad, das kannst du nehmen", meint er.
Christina kommt in die Küche zurück. „Du hast ja noch ein Surfbrett! Warum hast du das gestern nicht gesagt?"
„Was willst du denn noch? Weil du hier bist, muss ich in den Ferien früh aufstehen und mein Zimmer aufräumen. Meine Freunde lachen über mich und jetzt willst du auch noch surfen!", sagt Toni und läuft aus dem Haus.

Jetzt hat Christina auch keine Lust mehr zum Einkaufen. Sie sitzt in der Küche und weint. Aber nicht wegen Toni. Sie denkt an ihre Mutter. „Hoffentlich ist es nicht so schlimm! Hoffentlich wird sie wieder gesund!"

Tonis Mutter kommt in die Küche.
„Christina, ich muss heute Abend arbeiten. Du weißt ja, ich bin Krankenschwester. Und heute habe ich Nachtdienst."

„Wie lange arbeitest du heute?", fragt Christina.

„Ich fange um neun Uhr an und bin bis sechs Uhr morgen früh im Krankenhaus."

„Ach, dann sehen wir uns heute nicht mehr", meint Christina traurig.

„Nein, aber du gehst ja auch gleich zu eurer Strandparty. Wo ist Toni?"

„Ich weiß nicht", antwortet Christina. „Aber den Strand finde ich auch alleine."

„Also dann viel Spaß bei deiner ersten Strandparty in Sankt Peter-Ording!"

8 | Die Strandparty 🎧

Christina kommt zum Strand. Toni ist schon da und sitzt mit seinen Freunden neben den Strandkörben im Sand. Der Wind ist heute sehr stark.

Einen Strand-korb kann man für einen Tag oder eine Woche mieten.

Die Rettungsschwimmer packen gerade die gelbe Fahne ein. „Geht heute nicht ins Wasser, es ist gefährlich. Die Flut kommt bald, die Wellen sind sehr hoch."

„Ja, klar. Alle aus Sankt Peter-Ording wissen, wie gefährlich der Wind ist und keiner surft dann", sagt Markus.

〰〰

Alle sind sehr lustig und lachen. Nur Christina ist ganz still. Sie denkt an ihre Mutter.

„Sag mal, Christina, kannst du auch surfen?", fragt Florian.

Toni lacht. „Sie kommt doch aus München. Aber sie denkt, sie kann besser surfen als ich! Ha, ha ..."

Christina steht auf. Sie nimmt ein Surfbrett. „Na los Toni! Komm doch mit!", ruft sie und läuft schnell zum Wasser.

„Christina, komm zurück! Es ist zu gefährlich!", schreit Markus laut.

„Die Wellen sind sehr hoch!", ruft Florian.

Aber Christina hört sie nicht. Sie stellt sich auf das Brett und surft los. Der Wind ist sehr stark. Bald sehen die Freunde nur noch einen kleinen Punkt.

〜〜

„Mensch, Toni. Wir müssen ihr helfen!", sagt Kevin.

„Ach, Quatsch", antwortet Toni. „Sie kommt sicher gleich zurück."

„Toni, du Idiot! Der Wind ist zu stark … so kann sie nicht zum Strand zurücksurfen!", schreit Markus.

Toni sagt nichts.

„Toni, Christina kommt aus München. Sie weiß nicht, wie gefährlich der Wind hier ist!", sagt Markus.

„Wir müssen ihr helfen!", ruft Kevin.

„Wir müssen die Küstenwache informieren", meint Florian.

„Warum nicht auch noch die Feuerwehr, die Polizei und …?", fragt Toni.

„Mensch, Christina ist in Lebensgefahr!", schreit Markus und nimmt sein Handy.

9 / Christina in Gefahr

Zehn Minuten später kommt ein Jeep. Die Männer von der Küsten-
wache bringen ein
Boot mit.
„Was ist denn
los?", fragen die
Männer.
„Ein Mädchen
surft da draußen!"
Markus zeigt in
Richtung Meer.
„Ist das Mädchen
verrückt? Bei dem Wetter ist surfen lebensgefährlich!", sagt einer
der Männer laut.
„Sie weiß das nicht. Sie kommt aus München", erklärt Markus.
„Hoffentlich finden wir sie schnell ...!"
Die Männer sind nervös. Jetzt bekommt auch Toni plötzlich
Angst.
„Kannst du ihre Eltern informieren?", fragt einer der Männer.
„Das geht nicht", sagt Toni. „Ihr Vater arbeitet in Kanada und ihre
Mutter ist in München im Krankenhaus."
„Und wo wohnt das Mädchen im Moment?"
„Bei meiner Familie", antwortet Toni.
„Hoffentlich finden wir das Mädchen schnell."
Die Männer von der Küstenwache fahren mit ihrem Boot los.

〰

„Was, deine neue Freundin wohnt schon bei dir?", fragt Markus.
„Sie ist nicht meine neue Freundin. Sie ist meine Cousine. Sie wohnt bei uns, bis ihre Mutter aus dem Krankenhaus kommt."
„Toni, warum magst du Christina denn nicht? Warum bist du so unfreundlich zu ihr?", fragt Kevin.
„Ach, in den Ferien will ich nur mit euch surfen und nicht mit meiner Cousine einkaufen gehen oder …"
„Aber sie ist sehr nett. Und sie hat große Angst um ihre Mutter", sagt Markus.
„Hoffentlich findet die Küstenwache sie …!", sagt Florian leise.
Toni sagt nichts mehr. Er fühlt sich jetzt sehr schlecht.

Alle stehen am Strand und sehen auf das Meer hinaus. Es ist schon fast dunkel. Sie sehen kein Surfbrett … nur viele Wellen.

Alle sind sehr leise. Keiner möchte mehr eine Party feiern. Alle denken an Christina. Toni hat große Angst.

〜〜

Plötzlich hören sie ein Auto. Ein Jeep von der Küstenwache kommt.

„Wir haben eine Nachricht. Ein Fischer hat eine Surferin gefunden", sagt einer der Männer.

„Ist sie …?", fragt Toni.

„Sie lebt, aber sie muss sofort ins Krankenhaus. Das Wasser ist im Moment viel zu kalt. Das ist sehr gefährlich", antwortet der Mann.

„Ein Glück! Sie lebt!", ruft Toni.

„Wir müssen eine Party feiern", meint Markus.

„Und Toni organisiert die Party und entschuldigt sich bei Christina", sagt Kevin.

„Gute Idee!", meint Florian.

„Aber die Party ist am Strand und nicht im Wasser!", ruft Toni.

10 Gute Freunde

Toni geht ins Krankenhaus und sucht seine Mutter.

„Hallo Mama …!"

„Toni, es ist alles o.k. Christina geht es gut. Aber warum surft ihr am Abend? Der Wind ist heute so stark. Du weißt doch, wie gefährlich das ist!"

„Christina ist alleine gesurft", antwortet Toni leise.

„Aber warum denn?"

„Hm … ich habe gesagt: ‚Kannst du besser surfen als ich? Das möchte ich sehen.'"

„Jetzt geh schnell zu Christina und entschuldige dich!", sagt die Mutter.

„Mama, kommst du mit zu Christina?", fragt er leise.

„Nein, du gehst alleine zu ihr."

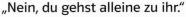

Toni steht vor Christinas Bett.

„Moin, Christina."

„Moin? Es ist doch Abend."

„‚Moin' heißt hier ‚Guten Morgen' oder ‚Hallo' oder ‚Guten Abend'. Bei uns in Norddeutschland sagen wir immer ‚Moin'", erklärt Toni.

„Ach so …"

„Du … Christina, bitte entschuldige. Ich war nicht nett zu dir …"

„Ist schon o.k."

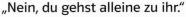

Tonis Mutter kommt ins Zimmer.

„Wie geht es dir, Christina?"

„Es geht mir ganz gut. Aber wie geht es Mama?", fragt Christina leise.

„Der Chefarzt hat deine Mutter operiert. Es geht ihr gut, Christina. Sie kommt bald nach Sankt Peter-Ording …"

„Super, wann denn?", fragt Christina.

„In einer Woche. Und du bleibst so lange bei uns. Toni, und du gehst …?"

„Ich gehe mit Christina shoppen oder Eis essen …"

„… oder surfen", sagt Christina.

〰

Am nächsten Tag holt Toni Christina aus dem Krankenhaus ab. Sie fahren Rad, treffen die Freunde am Strand, essen Eis …

Am Wochenende gibt es eine große Strandparty – nur für Christina.

Toni und Christina surfen auch oft zusammen. Einmal ist Toni schneller, und einmal Christina.

„Ich bin bald wieder in München", sagt Christina.

„Kommst du in den nächsten Ferien wieder? Dann surfen wir jeden Tag", sagt Toni.

„Und dann sehen wir: Surfst du besser oder ich?" Christina lacht.

QUIZ

Nur eine Antwort ist richtig!

1
- ○ A Schleswig-Holstein liegt in Süddeutschland.
- ○ B Schleswig-Holstein liegt in Norddeutschland.
- ○ C Schleswig-Holstein liegt in Dänemark.

2
- ○ A Sankt Peter-Ording liegt an der Nordsee.
- ○ B Sankt Peter-Ording ist die Hauptstadt von Schleswig-Holstein.
- ○ C In Sankt Peter-Ording gibt es einen großen internationalen Flughafen.

3
- ○ A „Rote Grütze" heißt der Strand.
- ○ B „Rote Grütze" heißt die rote Flagge.
- ○ C „Rote Grütze" ist ein Nachtisch, ein Dessert.

4
- ○ A „Moin" heißt „Mein".
- ○ B „Moin" heißt „Hallo".
- ○ C „Moin" heißt Tonis Cousine.

Lösung: 1B 2A 3C 4B

31

Bildquellen

Arco Images GmbH (Schmerbeck, M.), Lünen, Seite 17; Fotex GmbH, Hamburg, Seite 11.unten; Fotolia LLC (aldebaran), New York, Seite 16.oben; Fotolia LLC (david), New York, Seite 15.unten; Fotolia LLC (Foustontene), New York, Seite 14.unten, Seite 31.Hintergrund; Fotolia LLC (Jose Manuel Gelpi), New York, Seite 3, Seite 23.unten; iStockphoto (alejandro Soto), Calgary, Alberta, Seite 8, Seite 31.Vordergrund; iStockphoto (Thomas Lammeyer), Calgary, Alberta, Seite 23.oben; MEV Verlag GmbH (MEV), Augsburg, Seite 16.unten; plainpicture GmbH & Co. KG (Jo Henker), Hamburg, Seite 15.oben; Ullstein Bild GmbH (superclic), Berlin, Seite 11.oben; vario images GmbH & Co.KG (imagebroker), Bonn, Seite 14.oben

Weitere Hefte in der Reihe:

Abenteuer im Schnee
ISBN 978-3-12-557002-3

Unheimliches im Wald
ISBN 978-3-12-557003-0

Blinder Passagier
ISBN 978-3-12-557004-7